ドードー滝
ウルシじじいの木
ハイキングコース
森の小川

クルミ森のおはなし②

クルミまつりは大《おお》さわぎ！

末吉暁子 作

多田治良 絵

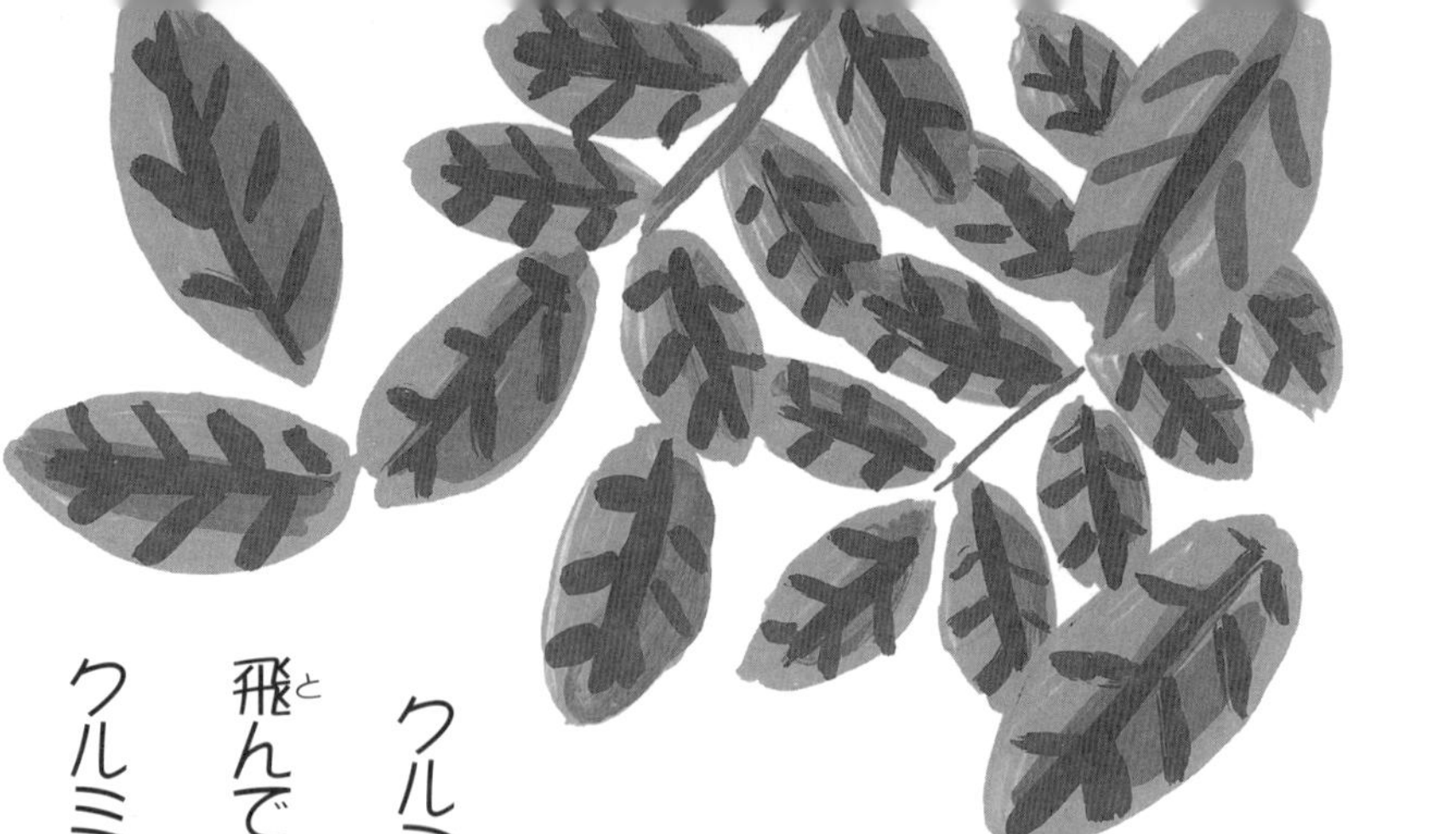

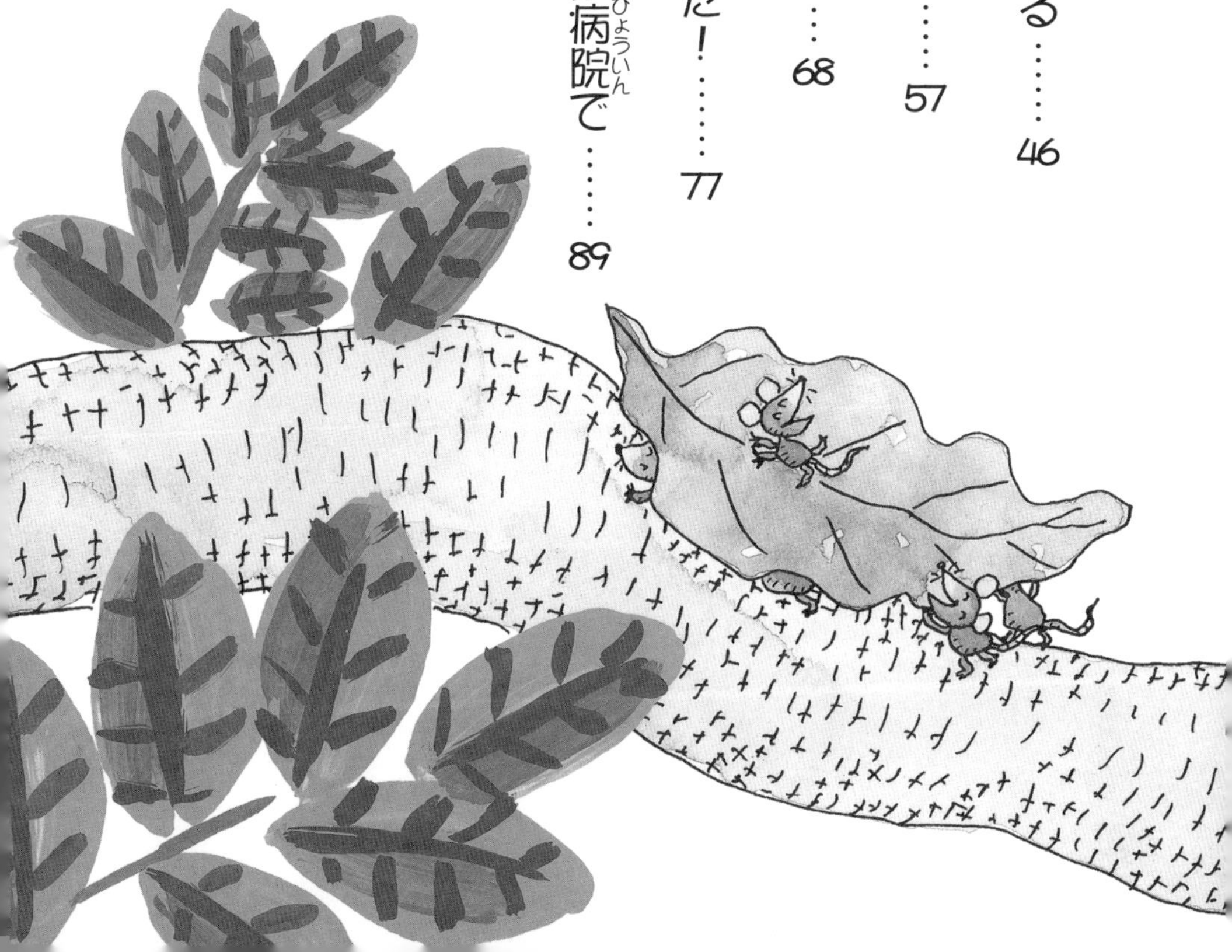

クルミのおふだ

「ただいま！」

学校《がっこう》から帰《かえ》ってきたコータは、大《おお》声《ごえ》でいいながら、げんかんのドアをあけようとしました。

ところが、ドアには、がっちりかぎがかかっています。

「あ、そうか」

コータはお母《かあ》さんから、かぎを持《も》たされていたのを思《おも》い出《だ》しました。

コータのお父《とう》さんもお母《かあ》さんも会《かい》社《しゃ》につとめていますから、昼間《ひるま》は、るすです。いつもなら、おじいちゃんが、「お帰《かえ》り！」といってくれるのですが、おじいちゃんは、足《あし》の骨《ほね》を折《お》って入院《にゅういん》しているのです。おじいちゃんが入院《にゅういん》してからは、お母《かあ》さんは早引《はやび》けして、今《いま》までより早《はや》く帰《かえ》ってくるようになりました。

（そういえば、お母《かあ》さん、きょうは、おじいちゃんの病院《びょういん》によって帰《かえ》るから、おそくなるっていってた……）

家《いえ》のなかに入《はい》ると、テーブルの上《うえ》に、お母《かあ》さんが書《か》いたメモがおいてありました。

コータへ
おかえり！　帰《かえ》ったら、手《て》をあらい、うがいをしてね。
れいぞうこにケーキが入《はい》っていますから、

おねえちゃんが帰《かえ》ってきたら、いっしょにたべなさいね！

夕《ゆう》ごはんまでには帰《かえ》るから、おりこうでおるすばんしていてね。

お母《かあ》さんより

「わーい、ケーキだって！」

コータは、ランドセルだけおろすと、さっそくれいぞうこをあけました。お母《かあ》さんのメモに書《か》いてあったことは全部《ぜんぶ》すっとんで、コータの頭《あたま》のなかに残《のこ》っているのは、「れいぞうこにケーキ」という文字《もじ》だけでした。

おしゃれなもようの紙《かみ》の箱《はこ》に、白《しろ》い生《なま》クリームでくるんだ三角《さんかく》のケーキがふたきれ、入《はい》っています。クリームの上《うえ》には、木《き》の実《み》が乗《の》っていました。

「あぁっ、これ、クルミの実《み》だ！」

コータは、クルミの実《み》をつまんで口《くち》に入《い》れてから、いいなおしました。

「これ、クルミのじんっていうんだよね」

夏休《なつやす》みにクルミ森《もり》へ行《い》ったときに、

おじいちゃんが、そうおしえてくれました。

カリリとかみくだくと、

たしかにこうばしいクルミの味《あじ》です。

とたんに、コータは、クルミ森《もり》で出会《であ》った

ふしぎな生《い》き物《もの》たちのことを思《おも》い出《だ》しました。

クルミ森《もり》で、クルミのからをひろったとたん、コータの目《め》の前《まえ》にあらわれた小《ちい》さな女《おんな》の子《こ》、クルミっこ。うす緑色《みどりいろ》の丸《まる》っこい木《き》の実《み》みたいな顔《かお》をして、葉《は》っぱのスカートをはいていました。

クルミっこがつれて行《い》ってくれたクルミの木《き》のうろには、クルミのから

みたいな顔《かお》をしたクルミおばばがいました。
ヒキガエルのヘータロにも会《あ》いましたし、セミたちの合唱《がっしょう》もききました。今《いま》では、ほんとうにあったことなのかどうかもわからないほど、遠《とお》い昔《むかし》のできごとのように思《おも》えます。

「でも、あれはほんとうのことだったんだよ。だって、そのしょうこに、ぼくはまだ、クルミおばばがくれたおふだを持《も》っているんだもの」

コータは自分《じぶん》にいいきかせるようにつぶやきました。

（えーと、クルミのおふだ、どこへやったかな……）

おおいそぎでケーキを食《た》べてしまうと、コータは二階《にかい》にかけあがりました。たしか、つくえの引《ひ》き出《だ》しに入《い》れておいたはずです。

「おふだ、おふだ。でてこい、でてこい」

えんぴつや消《け》しゴム。ビー玉《だま》やかいじゅうのフィギュア。わゴムやゲーム機《き》なんかがゴチャゴチャに入《はい》っている引《ひ》き出《だ》しをひっかきまわしていると、ふたつにわれたクルミのからの片《かた》われが、おくのほうから、コロンとでてきました。

「あった、あった！　よかった！」

コータは、つくえの前《まえ》にすわると、おふだを手《て》のひらに乗《の》せて、じっとながめました。

クルミのからの、じんが入《はい》っていた部分《ぶぶん》はからっぽでしたが、きれいなハートの形《かたち》をしています。

「これこれ、これだよ。クルミおばばのくれたおふだ！」

このおふだを持《も》ってクルミ森《もり》へ行《い》けば、またクルミおばばやクルミっこに会《あ》えるはずでした。

(クルミおばばの作《つく》ってくれたかんろ水《すい》、おいしかったなあ!)

コータは、クルミのからをにぎったまま、ぼんやりとまどの外《そと》をながめました。

目《め》の前《まえ》には、庭《にわ》の大《おお》きなナンキンハゼの木《き》が見《み》えます。

赤《あか》や黄色《きいろ》に色《いろ》づいた葉《は》っぱは、風《かぜ》にあおられて、はらはら散《ち》りはじめていました。電線《でんせん》よりも、家《いえ》の屋根《やね》よりも、ずっと高《たか》い大《おお》きな木《き》でした。

コータの部屋《へや》のまどのほうへ、手《て》まねきするように、枝《えだ》をはりだしています。

おじいちゃんは、この木《き》の枝《えだ》が道路《どうろ》のほうにも大《おお》きくはりだしたので、切《き》ってやろうとして、はしごから落《お》ちてしまったのです。

「あーあ、おじいちゃん、早《はや》く元気《げんき》になってくれないかなあ」

骨折《こっせつ》さえしなければ、おじいちゃんは、秋《あき》にまた、コータをクルミ森《もり》へつれて行《い》ってやるといっていたのですから……。

そのときです。ザワワワーッとふいてきた風《かぜ》といっしょに、大《おお》きな鳥《とり》が一羽《いちわ》、ふわりとナンキンハゼの木《き》におりたちました。

緑色《みどりいろ》や黄色《きいろ》のきれいな羽《はね》をたたんで、その鳥《とり》は、コータの目《め》の前《まえ》の枝《えだ》にとまりました。見《み》たこともない鳥《とり》です。

「あれ?」

よくよく見《み》れば、羽《はね》に見《み》えたのは、葉《は》っぱのスカート!

木《き》の枝《えだ》の手足《てあし》に、まるっこい木《き》の実《み》のような顔《かお》!

(ああっ! もしかして、クルミっこ?)

コータの胸《むね》は、どきどきしてきました。

飛《と》んできたクルミっこ

「コータ！　むかえにきたよ！」

ナンキンハゼの枝《えだ》にとまって、葉《は》っぱの手《て》のひらをひらひらふっているのは、やっぱり、クルミっこでした。

「クルミっこ！」

おどろいたコータの手《て》から、クルミのおふだが、ポロリとつくえの上《うえ》に落《お》ちました。

とたんに、クルミっこのすがたは見《み》えなくなりました。

「あ、いけない！」

コータは、あわててクルミのおふだをつかみなおしました。

すると、見《み》えました。はじめて、森《もり》でクルミっこに会《あ》ったときも、このクルミのおふだを持《も》ったときにだけ、クルミっこのすがたが見《み》えたのです。

クルミっこは、もう、まどのそばの枝《えだ》までおりてきていました。

「クルミっこ！　どうして、ぼくの家《いえ》がわかったの？」

「木《き》にたずねながらきたのさ。年取《としと》った大《おお》きな木《き》は、みんなおばばの友《とも》だちだからね」

「へーえ。びっくり！」

「きょうは、クルミ森《もり》の秋《あき》まつりだよ。コータもいっしょに行《い》こう！」

「秋《あき》まつり？」

「そうさ。クルミまつりっていうんだよ。あたいたちがいっしょうけんめい作《つく》った森《もり》のごちそうを、けものや鳥《とり》たちにふるまうんだよ」

「ほんと？　じゃあ、ぼくも、クルミおばばのかんろ水《すい》、飲《の》める？」

「もっちろん！　おばばは、かんろ水《すい》もたくさん作《つく》って待《ま》ってるから」

「やった！」

「だから、コータ、いつかの水《すい》とう、持《も》ってきて！」

夏休《なつやす》みにクルミ森《もり》へ行《い》ったとき、コータは、とっくりをわってしまったクルミっこに、持《も》っていた水《すい》とうをかしてあげたのです。

「わかった。ちょっと、待《ま》って！」

コータは、ドタドタと階段《かいだん》をおりて、台所《だいどころ》へ行《い》きました。

水《すい》とうを引《ひ》っつかんで、セーターの上《うえ》からななめにかけると、また階段《かいだん》をかけあがりました。

「そうだ、クルミのおふだ！」

これをわすれたら、大変《たいへん》です。つくえの上《うえ》にほうりだしたままのクルミのおふだをつかんで、まどの外《そと》を見《み》ると、クルミっこはすぐそばの枝《えだ》にまたがって、手《て》をさしのべていました。

「今《いま》、行《い》くよ！」

コータは、クルミのおふだをジーパンのポケットに入《い》れました。

「さあ、あたいの手《て》につかまって！」

クルミっこの手《て》につかまって、コータは、ナンキンハゼの木《き》の枝《えだ》に片足《かたあし》をかけました。

クルミっこのうでは木《き》の枝《えだ》、手《て》は葉《は》っぱでできています。

でも、その葉《は》っぱには、針金《はりがね》のしんが入《はい》っているみたいに、きっちりとコータの手《て》をにぎって、引《ひ》きよせてくれました。

「てっぺんまで行《い》くよ！」

クルミっこは、するするとリスのように枝《えだ》から枝《えだ》をつたって、あっというまに、ナンキンハゼの木《き》をのぼっていきました。

「うわっ、早《はや》い！　待《ま》って！」

てっぺん近《ちか》くの枝《えだ》は、風《かぜ》にふかれて、ザワザワ音《おと》を立《た》てながらゆれています。

「わあ、こわいよ……」

コータは、あわてて、木《き》の幹《みき》にしがみつきました。

「だいじょうぶ。あたいの手《て》をにぎっててね！」

コータと手《て》をつないだクルミっこは、うでを大《おお》きく広《ひろ》げて、歌《うた》いはじめました。

シャバラン　シャバラン　シャワワワン
風《かぜ》よ　ふけふけ　ゆらせ　木《き》の枝《えだ》
クルミおばばの　おねがいだ
あたいと　この子《こ》を　飛《と》ばしておくれ
川《かわ》のほとりのクルミの木《き》まで
シャバラン　シャバラン　シャワワワン！

クルミっこが歌《うた》い終《お》わると、ザザザ、ザーンと大風《おおかぜ》がふきよせてきました。

すると、ナンキンハゼの木《き》は、体《からだ》ごと大《おお》きくゆさぶって、クルミっことコータを風《かぜ》に手《て》わたしてくれたのです。

「うわあ、空《そら》を飛《と》んでるよ！」

家々《いえいえ》の屋根《やね》や道路《どうろ》の上《うえ》を、クルミっことコータは、手《て》をつないだまま、風《かぜ》に乗《の》って空中《くうちゅう》を飛《と》んで行《い》きました。

コータの家《いえ》の近《ちか》くを流《なが》れている大《おお》きな川《かわ》が見《み》えてきました。

「すごい！　このまま、クルミ森《もり》まで飛《と》んでくの？」

夏休《なつやす》みにクルミ森《もり》へ行《い》ったときは、おじいちゃんの車《くるま》に乗《の》って、一時間《いちじかん》もかけて行《い》ったのです。

「ううん。あの、川《かわ》のそばのクルミの木《き》まで！」

川《かわ》の土手《どて》に生《は》えているクルミの木《き》を指《ゆび》さして、クルミっこはいいました。

クルミっことコータは、ザザン、ザザンとクルミの木《き》のてっぺん近《ちか》くに飛《と》びおりました。

「この川《かわ》はね、クルミ森《もり》のなかを流《なが》れている川《かわ》に続《つづ》いているんだよ。ここまでくれば、もうだいじょうぶ。クルミの木《き》はみーんな、あたいたちのしんせきみたいなもんだからね。クルミ森《もり》までは、ひとっ飛《と》びだよ」

クルミっこは、また歌《うた》いました。

シャバラン　シャバラン　シャワワワン
風《かぜ》よ　ふけふけ
ゆらせ　クルミの木《き》
クルミおばばの　たのみだぞ
おばばの木《き》まで　飛《と》ばしておくれ
シャバラン　シャバラン　シャワワワン

するとクルミの木《き》は、よしきたとばかりに、コータとクルミっこを、空《そら》にほうり投《な》げてくれました。

さすが、おばばのしんせきです。ナンキンハゼの木《き》よりも、さらに高《たか》く、ふたりを飛《と》ばしてくれました。

ふたりは、風《かぜ》に乗《の》って、くるりくるりくるり。三回《さんかい》もちゅうがえりしたかと思《おも》うと、もう、目《め》の下《した》には、こがね色《いろ》に実《みの》った稲穂《いなほ》が波《なみ》のようにゆれていました。

「うわあ、もうこんなところまで飛《と》んできちゃったよ！」

「ほら、むこうに見《み》えるのがクルミ森《もり》だよ」

稲田《いなだ》のむこうに見《み》えるこんもりした森《もり》を指《ゆび》さして、クルミっこがいいました。

ふたりはクルミ森《もり》を目《め》ざして、手《て》をつなぎあったまま、稲穂《いなほ》の上空《じょうくう》をすべるように飛《と》んで行《い》きました。

クルミ森《もり》の秋《あき》まつり

クルミ森《もり》は、目《め》のさめるようなあざやかな秋《あき》の色《いろ》にそまっていました。赤《あか》や黄色《きいろ》にそまった葉《は》っぱたちが、風《かぜ》にふかれて、シャラシャラ、シャラシャラ、音《おと》を立《た》ててゆれているのは、まるで、歌《うた》いおどっているようでした。

（とうとう、また、クルミ森《もり》にきたんだ！）

しかも、こんどはクルミっこといっしょに、空《そら》を飛《と》んできたのです。

コータは、さけびだしたいほどうれしくなりました。

森《もり》の入《い》り口近《ぐちちか》くに、でんとそびえるひときわ大《おお》きなクルミおばばの木《き》は、空《そら》の上《うえ》からでもすぐにわかりました。

クルミっことコータは、引《ひ》きよせられるように、クルミおばばの木《き》をめがけて、おりて行《い》きました。

「おばば！　コータをつれてきたよ！」

クルミっこは、そうさけぶと、ふわりと木《き》の根元《ねもと》に飛《と》びおりました。

続《つづ》いておりたコータは、かれ葉《は》のクッションの上《うえ》で、ぐるんとでんぐり返《がえ》しをしました。そのときはじめて、くつをはいてこなかったことに気《き》がつきました。

（ま、いいや。クルミっこだって、くつなんかはいてないじゃん。気《き》にし

ない、気《き》にしない）

コータは、元気《げんき》に立《た》ちあがって、あたりを見《み》まわしました。

クルミおばばの木《き》の根元《ねもと》のうろは、まっ赤《か》に色《いろ》づいた葉《は》っぱや色《いろ》とりどりの木《き》の実《み》で、はなやかにかざられていました。

ここが、クルミおばばの家《いえ》の入《い》り口《ぐち》なのです。

「カッカッカッカッカ！」

ききおぼえのある笑《わら》い声《ごえ》がして、うろのなかからでてきたのは、クルミおばばでした。

笑《わら》うたびに、クルミのからのような顔《かお》がパカパカとふたつにわれるところも、頭《あたま》のてっぺんにかんざしのような若葉《わかば》が一本《いっぽん》生《は》えているところも、夏休《なつやす》みにあったときと同《おな》じ。ちがうのは、赤《あか》い葉《は》っぱをつなぎ合《あ》わせた

はっぴを着《き》ているところでした。

「おお、待《ま》ってたぞ、コータ！　ほれ、まつりのはっぴだ。おまえたちも、早《はや》くこれを着《き》な」

そういって、コータとクルミっこにも、赤《あか》い葉《は》っぱでできたはっぴをわたしました。

「へえ、これがおまつりのはっぴなんだ」

「そうだ。日《ひ》ごろは、食《く》ったり食《く》われたり、なわばりをめぐってけんかばかりしているけものたちもな、このはっぴを着《き》てるときは、なかよくしなくちゃいけないんだぞ」

おばばは、コータにもいいきかせるように、そういいました。

「おばば、コータの水《すい》とうにも、かんろ水《すい》を入《い》れてちょうだい」

「ようし。おいで」

クルミおばばは、うろのなかから大《おお》きなとっくりを持《も》ってくると、コータの水《すい》とうにも、かんろ水《すい》を入《い》れてくれました。たっぷりと入《い》れてくれたのに、とっくりのなかのかんろ水《すい》は、ちっともへったようには見《み》えません。

「これは、てんぐのとっくりだからな、なかなかへらないんだぞ」

クルミおばばは、そういってまた、「カッカッカ!」と、うれしそうに笑《わら》いました。

「そろそろみんな、おまつり広場《ひろば》に集《あつ》まっているころだ。それじゃ、コータも、クルミのかごを背《せ》おっておくれ」

「わかった!」

三人《さんにん》は、それぞれ、クルミの実《み》が入《はい》ったかごを背《せ》おい、頭《あたま》の上《うえ》には、かんろ水《すい》が入っているひょうたんやとっくりをのせました。

「さあ、出発《しゅっぱつ》だ！」

「あいあい！」

「イエーイ！」

ホーイ　ホーイ　ぎょうれつだ

クルミまつりの　ぎょうれつだ

てんぐ岩《いわ》まで　ぎょうれつだ

みんなで歌《うた》いながら進《すす》んで行《い》くと、

遠《とお》くのほうから、かすかに音楽《おんがく》がきこえてきました。

テケテケテンテン　ピーヒャララ
テンツクテンテン　ドドンコドン

うきうきするような楽器《がっき》の音《おと》です。

「あっ、もう、小《こ》てんぐたちが、おはやしやってる！」

クルミっこがさけびました。

「ええっ、おまつりには、てんぐもくるの？」

コータは、びっくりです。

「うん！　毎年《まいとし》、オオタカ山《やま》から小《こ》てんぐたちがやってきて、おはやしをえんそうしてくれるんだ」

「おう、小《こ》てんぐたちも、このおばばのかんろ水《すい》を楽《たの》しみにしてくるのさ」

クルミっこや、クルミおばばがうれしそうにいいました。

歩《ある》いて行《い》くにつれ、森《もり》の木々《きぎ》のてっぺんからとびだしている、大《おお》きな岩《いわ》の頭《あたま》が見《み》えてきました。

「あれが、てんぐ岩《いわ》だよ。てんぐ岩《いわ》の前《まえ》が、おまつり広場《ひろば》さ」

クルミっこがおしえてくれました。

とうとう、木立《こだち》の間《あいだ》から、大《おお》きな岩《いわ》があらわれました。

「わーい、おまつり広場《ひろば》だ。てんぐ岩《いわ》だ！」

クルミっこがかけだしました。

「まてまて、あわてるなというに！」

そういいながら、クルミおばばもころがるようにかけだしました。

「わあ、待《ま》って！」

もちろん、コータもあとを追《お》いかけました。

おまつり広場《ひろば》

二本《にほん》のクルミの木《き》の間《あいだ》をとおりぬけると、そこは、もうおまつり広場《ひろば》。大《おお》目《め》の前《まえ》にそびえている大岩《おおいわ》は、大きなこしかけのような形《かたち》をして、天《てん》をつきさすようにそびえています。

てんぐ岩《いわ》の前《まえ》だけは、ぽっかりと半月形《はんげつがた》のあながあいたように木立《こだち》がとぎれ、草《くさ》のおいしげった広場《ひろば》になっています。

そこには、たくさんの森《もり》の生《い》き物《もの》たちが集《あつ》まっていました。

みんな、赤《あか》い葉《は》っぱのはっぴを着《き》て、おはやしに合《あ》わせておどったり、えんにちの屋台《やたい》のようにならんだお店《みせ》をのぞいたりしています。

「ほら、あれが、小《こ》てんぐたちだよ！」

クルミっこが、下《した》のほうの岩《いわ》だなを指《ゆび》さしていいました。

見《み》ると、岩《いわ》だなの上《うえ》で、赤《あか》いはっぴに白《しろ》いはかまをはいた四人《よにん》の子《こ》どもたちが、それぞれ、たいこやかねをたたいたり、笛《ふえ》をふいたり、大《おお》きなヤツデの葉《は》っぱみたいな扇《おうぎ》をふりかざして、ひょうきんなおどりをおどったりしていました。

よく見《み》れば、その子《こ》たちは、鳥《とり》のくちばしに鳥《とり》の足《あし》。背中《せなか》にもりっぱな羽《はね》が生《は》えています。

コータが、目《め》を丸《まる》くして見《み》つめていると、

「あの子《こ》たち、いつもは、オオタカ山《やま》の大《おお》てんぐさまのところで、しゅぎょうをしているんだよ」

クルミっこが、小《こ》てんぐたちに手《て》をふりながらいいました。

「へ！　クルミおばばにクルミっこ！　待《ま》ってたぞ！」

広場《ひろば》のむこうから、大《おお》きなヒキガエルが、のそりのそりとやってきます。

「ヘータロだ！」

コータは、さけんで手《て》をふりました。

ヘータロも、やっぱり赤《あか》い葉《は》っぱのはっぴを着《き》ています。

ところが、ヘータロは、コータがいっしょにいるのを見《み》ると、とたんにふきげんになりました。

「へ！　まーた、おまえがついてきたのか」

「うん！　クルミっこがむかえにきてくれたんだよ」

「コータは、このおばばのおふだを持《も》っているでな。森《もり》のなかまだぞ」

クルミおばばがそういうと、ヘータロは、えらそうにいいました。

「へ！　じゃあ、ゆるす」

でも、横《よこ》をむいて、ブツブツつぶやいたのが、コータにはきこえてしまいました。

「へ！　おばばのおふだを持《も》っているからって、いばるんじゃねえ！」

コータは、むっとしました。

（いばってるのは、どっちだよ！）

コータがそういってやろうとしたとき、おばばがいいました。

「まつりのはっぴを着《き》ているときは、みんななかよくだぞ。それより、ヘータロ！　おまえさんの好《す》きなかんろ水《すい》も、たっぷり持《も》ってきたぞ」

かんろ水《すい》ときいたとたん、ヘータロは、へらへら顔《がお》になりました。

「へっへっへ！　おばばのかんろ水《すい》を飲《の》むと、いい声《こえ》がでるからな。あとで、おれさまが、ヘータロ音頭《おんど》でも歌《うた》ってやるから、楽《たの》しみにしてろよ」

「さて、おまえさんとこの、のき先《さき》をかりるよ」

クルミおばばは、とおりぬけてきたクルミの木《き》にあいさつすると、そばの岩《いわ》の上《うえ》に、持《も》ってきたひょうたんやとっくりをならべはじめました。

「あっ、クルミおばばがきたよ」

そばをとおりかかったリスの子《こ》どもがさけぶと、ほかの動物《どうぶつ》たちも、わあっとおばばのほうによってきます。

動物《どうぶつ》たちは、コータを見《み》ると、一瞬《いっしゅん》、ギクッとした顔《かお》になりますが、コータが赤《あか》いはっぴを着《き》ているのを見《み》て、ほっとしたようににっこりするのでした。

「あいあーい！　今年《ことし》のクルミの実《み》はじょうできだよ」

「おまえたち、かんろ水《すい》もクルミも、いっぱい持《も》ってきたぞ。たんとおあがり」

たちまち、クルミおばばたちのまわりには、動物《どうぶつ》たちがむらがってきて、おすなおすなの大《おお》さわぎになりました。

「へ！　ならんだ、ならんだ！　順番《じゅんばん》だ」

ヘータロがぎょろりと目《め》をむいて、にらみをきかすと、動物《どうぶつ》たちは、思《おも》い思《おも》いの入《い》れ物《もの》を手《て》に、行列《ぎょうれつ》をつくってならびました。

たちまち、ひとつ目《め》のひょうたんは、からっぽになりました。

コータも、持《も》ってきた水《すい》とうのかんろ水《すい》を、次々《つぎつぎ》に入《い》れてあげました。

それを見《み》たクルミおばばは、笑《わら》いながらいいました。

「カッカッカ！　おばばには、まだ、てんぐのとっくりがあるからな、だいじょうぶ。コータの水《すい》とうのは、クルミっこととふたりで飲《の》んで、あまったら、みなのしゅうにもわけてやりな」

おばばがいうように、とっくりのなかのかんろ水《すい》は、ちっともへったようにに見《み》えません。

コータは安心《あんしん》して、水《すい》とうのかんろ水《すい》を飲《の》みました。

「うーん、やっぱりおいしい！」

はじめて飲《の》んだときと同《おな》じように、つめたくてあまくて、すーっとして、のどをとおる瞬間《しゅんかん》、せせらぎの音《おと》がきこえてきそうでした。

「へ！　ほんじゃ、おれさまもゴチになるぞよ」

ヒキガエルのヘータロは、おばばがそそいだかんろ水《すい》を、長《なが》い舌《した》をべろーんとのばしてなめはじめました。

「ほーう、うめえ！　のどがなるなる。いっちょ、ヘータロ音頭《おんど》でも歌《うた》ってきかせてやろうかな。どれ、ゲロロゲロロ、ゲロロゲロゲロ、ゲーロゲロ！」

ヘータロは、のどをならしながら、のっそりのっそり、岩《いわ》だなのほうに歩《ある》いて行《い》きます。

岩《いわ》だなにあがったヘータロは、しき者《しゃ》のように前足《まえあし》をふりまわしながら、広場《ひろば》のみんなによびかけます。

「ゲロロー！　みなのしゅう、お待《ま》ちかね！　ヘータロ音頭《おんど》でもりあがろうぜ！」

　ヘータロは、おはやしにあわせて、大《おお》きな声《こえ》で歌《うた》いはじめました。

セーノ〜！
ヘータロ音頭《おんど》だ　ゲロロゲロ〜！
けものも　むしも　よってこい
とりも　草木《くさき》も　よってこい
ゲロロ　ゲロロと　おどろうぜ
おどらないやつぁ　おれさまが
べロロ　べロロと　なめてやる

おはやしに合《あ》わせて調子《ちょうし》よく歌《うた》いながら、ヘータロは右足《みぎあし》あげたり、左《ひだり》足《あし》あげたり、のっそりのっそりおどりだしました。

はじめは、あきれたようにながめていた森《もり》の生《い》き物《もの》たちも、笑《わら》いながら、いっぴき、またいっぴきと、おどりはじめます。

広場《ひろば》には、大《おお》きなおどりのわができました。

「楽《たの》しそうだね」

「あたいたちも、おどろうか」

コータとクルミっこも、
いっしょにおどりのわのなかに入りました。

ゲロロ　ゲロロの　ヘータロ音頭《おんど》

森《もり》のみんなで　おどろうぜ

ヘータロの歌声《うたごえ》も、いちだんと調子《ちょうし》よく高《たか》まります。

コータも、ヘータロのまねをして、のっそりのっそり、右足《みぎあし》あげたり、左足《ひだりあし》あげたり、ゲロロ、ゲロロと口《くち》ずさみながらおどりました。

あんまりはりきって歌《うた》っていたせいか、ヘータロの歌声《うたごえ》がときどきかすれるようになりました。

「へーへー！　ゼロゼロ！　のどがかれてきたぞ。クルミおばばのかんろ水《すい》で、ひといきいれるべ」

ヘータロが、やっとぶたいをおりると、かわって、カラスやカケスの子《こ》どもたちが、ぶたいにあがって歌《うた》いはじめました。

コータ、がんばる

「コータ！　こんどは、あちこち、お店《みせ》を見《み》てこよう」

　クルミっこは、コータの手《て》を引《ひ》っぱって、お店《みせ》のほうに歩《ある》きだしました。

「わあ！　いろんなお店《みせ》があるね。うちの近所《きんじょ》のえんにちみたいだ！」

　野《の》ギクやキキョウの花屋《はなや》さん。アケビのお店《みせ》。グミの実《み》のお店《みせ》。ヤマイモのお店《みせ》。キノコのお店《みせ》。

　コータは、きょろきょろしながら、クルミっこについていきました。

「あっ、お面《めん》のお店《みせ》があるよ！」

クルミっこがいいました。

見《み》ると、いろいろな形《かたち》の葉《は》っぱを、目《め》と口《くち》のところだけくりぬき、お面《めん》にしてならべているお店《みせ》がありました。

「さあさあ、好《す》きなのを持《も》っていきな」

店番《みせばん》しているのは、やはり、木《こ》の葉《は》のお面《めん》をかぶった、木《き》の精《せい》のようなふしぎな生《い》き物《もの》です。

お店《みせ》の前《まえ》では、タヌキやサルの子《こ》どもたちが、あれやこれや、お面《めん》をかぶっては、笑《わら》いころげています。

「ぼくたちも、お面《めん》、かぶってみようよ！」

コータとクルミっこも、さっそく、いろいろなお面《めん》をかぶってみました。

「あたい、このお面《めん》が気《き》に入《い》った!」

クルミっこは、黄色《きいろ》いイチョウの葉《は》っぱのお面《めん》をかぶってごきげんです。

「コータは、これがにあいそう!」

クルミっこが選《えら》んでくれたのは、大《おお》きなホウの葉《は》っぱのお面《めん》です。

コータとクルミっこは、木《こ》の葉《は》のお面《めん》をかぶったまま、またおまつり広場《ひろば》を歩《ある》きだしました。

「あっ、あそこで、わ投《な》げ、やってるよ！」

こんどは、コータが、クルミっこの手《て》を取《と》って、かけだしました。

平《ひら》たい岩《いわ》の上《うえ》には、景品《けいひん》がたくさんならんでいます。

木《き》の枝《えだ》でできた人形《にんぎょう》や動物《どうぶつ》。色《いろ》とりどりの木《き》の実《み》をつなげて作《つく》った首《くび》かざり。ブローチ。ドングリやクリの実《み》を乗《の》せた木《こ》の葉《は》のお皿《さら》。

それぞれの景品《けいひん》のそばには、木《き》の枝《えだ》が立《た》っていて、それをめがけて、わらでできたわっかを投《な》げるのです。

「ひとり、三回《さんかい》までよ。うまく、枝《えだ》にわっかがとおったら、その景品《けいひん》をもらえるのよ」

そばにいたお姉《ねえ》さんが、クルミっことコータに、三《みっ》つずつわっかをわたしてくれました。お姉《ねえ》さんの頭《あたま》からは、赤《あか》い木《き》の実《み》がたくさんついた小枝《こえだ》が生《は》えています。

「おもしろそう！」

クルミっこは目《め》をかがやかせて、あれやこれや景品《けいひん》を見《み》ていましたが、

「あたい、あれがほしいな」

と、うすむらさきの木《き》の実《み》の首《くび》かざりを指《ゆび》さしていいました。

「あたい、がんばる。そうれ！」

クルミっこは、わっかを投《な》げはじめました。

でも、なかなか、めあての枝《えだ》にはとおりません。

とうとう、クルミっこのわっかは、三《みっ》つとも、はずれてしまいました。

「ようし！　ぼくが取《と》ってやるよ」

コータも、ねらいをさだめて、わっかを投《な》げました。

一回目《いっかいめ》――ざんねん。はずれました。

二回目《にかいめ》――わっかは、首《くび》かざりの木《き》の枝《えだ》にぶつかって、とんでもないほうに飛《と》んで行《い》きました。

「うーん、むずかしいな！　でも、こんどこそ！」

コータは、木《こ》の葉《は》のお面《めん》をはずしました。

(クルミっこに、いいとこ見《み》せなくちゃ！)

すると、クルミっこがいいました。

「そうだ、コータ。おばばのかんろ水《すい》を飲《の》むといいよ。いざっていうとき、力《ちから》がでるから」

「ほんと？」

「あいあい。ああ、あたいもわ投《な》げする前《まえ》に飲《の》めばよかった」

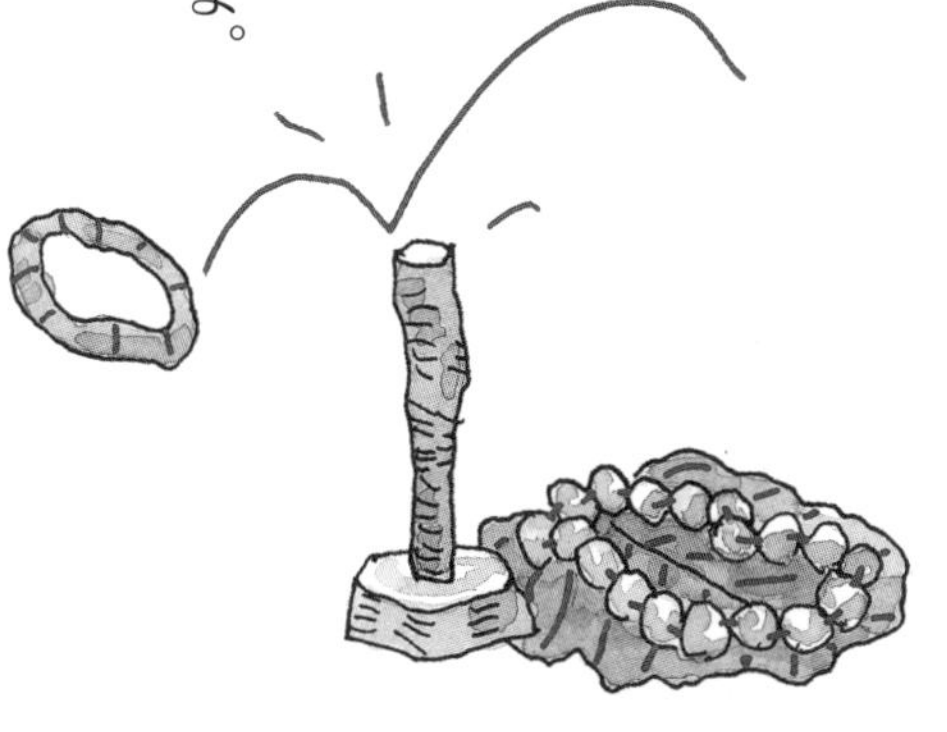

クルミっこはくやしそうに、足《あし》をバタバタさせました。

「じゃあ、ぼく、飲《の》んでみる」

コータは、水《すい》とうのかんろ水《すい》を、ガブッとひと口《くち》飲《の》みました。つめたくてあまくて、すっとして、頭《あたま》がシャキーンとしたような気《き》がします。

「うん、なんだか元気《げんき》がでたみたい」

「がんばれ、コータ！」

コータの目《め》に見《み》えているのは、今《いま》や、首《くび》かざりのそばに立《た》っている木《き》の枝《えだ》だけ。

(うまくいきますように。うまくいきますように)

コータは、心《こころ》をこめて、ポーンとわっかを投《な》げました。

わっかは、みごとに木《き》の枝《えだ》をとおって、ゆれながら下《した》に落《お》ちました。

「わーい！　やった！」

「ありがとう、コータ！」

コータとクルミっこは、手《て》を取《と》り合《あ》って、ピョンピョン飛《と》びはねました。

「おみごと、おみごと！」

木《き》の実《み》のお姉《ねえ》さんも、パチパチ拍手《はくしゅ》してくれました。

「よかったね。コータくんとクルミっこは、お友《とも》だち？」

首《くび》かざりをクルミっこの首《くび》にかけながら、木《き》の実《み》のお姉《ねえ》さんはたずねました。

「あいあい！　コータはね、クルミおばばのおふだを持《も》ってるんだ」

クルミっこが、とくいそうにいいます。

「そうだったの！　だから、ここへこられたのね」

「ほら、これだよ」

コータは、ズボンのポケットからクルミのおふだを取《と》りだして、見《み》せてあげました。

するとふいに、うしろから、ぬっと顔《かお》をだしたのはヘータロです。

「へ！　こいつがうまくいったのは、クルミおばばのかんろ水《すい》を飲《の》んだせいだぞ」

「あ、ヘータロ！　そんなとこにいたんだ」

あっけにとられているクルミっこやコータにむかって、ヘータロは、ふんぞり返《かえ》っていいました。

「へ！　もっといえばだ。クルミおばばのかんろ水《すい》がおいしいのは、ヘータロ沼《ぬま》のわき水《みず》を使《つか》っているからだぞ」

「あ、そうだね。ヘータロにもお礼《れい》をいわなきゃね。ありがと、ヘータロ」

クルミっこがすなおにお礼《れい》をいうと、とたんに、へータロは、へらへら顔《がお》になりました。

「へ！　わかればいいんだ」

コータは、そんなへータロに何《なに》かいい返《かえ》してやりたかったのですが、なんといっていいのかわかりません。

(ぼくだって、あんなにがんばったのに……。く、くやしいなあ)

コータが、クルミのおふだをじっと見《み》つめて、そう思《おも》ったときです。

「あ、わ投《な》げだ、わ投《な》げだ！」

じゃれあいながらやってきたタヌキやキツネの子《こ》どもたちに、トンと背《せ》中《なか》をおされて、コータは、よろっとよろけました。

クルミのおふだが、コータの手《て》のひらからポロリと地面《じめん》に落《お》ちました。

なくしたおふだ

「あっ！」

クルミのおふだは、コロンコロンところがって、草《くさ》の間《あいだ》に消《き》えました。

（大変《たいへん》だ！　いそいでひろわなくちゃ！）

コータは、おふだが落《お》ちたあたりの草《くさ》の上《うえ》をさがしました。

ところが、どうしたことでしょう。はいつくばって草《くさ》をかきわけ、いくら目《め》をこらしてさがしても、おふだはみつからないのです。

(ぜったい、このあたりに落《お》ちてるはずなのに……)

コータは、はっとして立《た》ちあがりました。あたりを見《み》まわすと、だれもいません。てんぐ岩《いわ》の前《まえ》に、コータはたったひとりで、ぽつんと立《た》っているのでした。

小《こ》てんぐたちのおはやしも、大《おお》ぜいのおどりのわも、クルミっこも、ヘータロも、だれひとりいないのです。

おまつりでにぎわっていた広場《ひろば》には、ところどころに平《たい》らな岩《いわ》があり、その上《うえ》に、木《き》の実《み》やキノコ、赤《あか》い葉《は》っぱなどが、まばらに散《ち》らばっているだけでした。

それどころか、コータが着《き》ていたおまつりの赤《あか》いはっぴも、今《いま》はただ、しおれた葉《は》っぱがつながって、かたからぶらさがっているだけでした。

「クルミのおふだを、はなしてしまったせいだ……」

コータは、大声《おおごえ》でよんでみました。

「クルミっこー！　クルミおばばー！」

何度《なんど》も何度《なんど》もよんでみましたが、どこからも返事《へんじ》はありません。

コータの声《こえ》だけが、広場《ひろば》の上《うえ》をとおりぬけて、森《もり》のなかに消《き》えていきました。

「みんな、すぐ近《ちか》くにいるはずなのに……。ああ、おふださえあれば……」

コータは、もう一度《いちど》、広場《ひろば》のすみからすみまで、地面《じめん》にはいつくばるようにして、さがしまわりました。

てんぐ岩《いわ》のうしろのほうまでもさがしたのですが、やっぱり、見《み》つけることはできませんでした。

空《そら》を見《み》あげると、さっきまで、広場《ひろば》の真上《まうえ》でかがやいていたお日《ひ》さまは、森《もり》の木々《きぎ》のむこうに落《お》ちかかっていました。

ヒュールルル！

ザワワワー！

つめたい風《かぜ》がふきすぎて行《い》くと、森《もり》の木《こ》の葉《は》が、パラパラパラとまい落《お》ちます。

「このまま、夜《よる》になってしまったらどうしよう」

心細《こころぼそ》くなったコータは、また、大声《おおごえ》でよんでみました。

「クルミっこー！　クルミおばばー！」

やっぱり返事《へんじ》はありません。家《いえ》から遠《とお》くはなれた森《もり》のなかに、ひとりぼっちでいるのだと思《おも》うと、コータは、急《きゅう》にこわくなってきました。

「お母《かあ》さん！　おじいちゃーん！　お姉《ねえ》ちゃん！　お父《とう》さん！　助《たす》けてよ！」

きこえるはずもないのは、わかっています。それでも、コータは、次々《つぎつぎ》におうちの人《ひと》をよんでみました。

（ああ、おじいちゃんがいっしょだったらな！）

おじいちゃんのことを思《おも》い出《だ》すと、コータの目《め》に、じわーんとなみだがあふれてきて、ぽろんとこぼれました。

大声《おおごえ》で泣《な》きだしたくなるのを、コータはひっしでこらえました。

（クルミおばばのかんろ水《すい》を飲《の》んでみよう）

いざっていうとき、力《ちから》がでるからって、クルミっこがいっていました。

コータは、水《すい》とうのふたを取《と》って、ぐいっと口《くち》のなかにあけました。

「ああ、おいしい！」

クルミおばばのかんろ水《すい》だけは、さっきと同《おな》じように、あまくてひんやりとして、のどをとおると、気分《きぶん》もシャキッとしました。

コータのなみだも、引《ひ》っこみました。

(そうだ！　この森《もり》からでれば、だれか人《ひと》に会《あ》えるかもしれない。クルミおばばの木《き》のところまでもどってみよう)

コータは、歩《ある》きだしました。

くるときくぐりぬけてきた、二本《にほん》のクルミの木《き》の間《あいだ》をとおりぬけた、そのときです。

「どうしたの？」

うしろのほうから、声《こえ》がしました。

「え？」

おどろいてふり返《かえ》ると、
二本《にほん》のクルミの木《き》の間《あいだ》に、
知《し》らない男《おとこ》の子《こ》が立《た》っていました。
「まいごになったの？」
男《おとこ》の子《こ》は、近《ちか》づいてきて、
コータの顔《かお》をのぞきこみました。
コータより、ちょっと年上《としうえ》でしょうか。
前《まえ》がみをまゆ毛《げ》の上《うえ》でまっすぐ切《き》りそろえていて、きゅうくつそうなセーターに、ひざこぞうまるだしの半《はん》ズボンをはいています。
「ぼくは、カズっていうんだ。だれかによばれたような気がしてきたんだけど……」

男《おとこ》の子《こ》は、そう名《な》のりました。

「ぼ、ぼく、コータ。ぼく、クルミおばばのおふだを……あ、でも……」

いきなり、クルミおばばのおふだなんていわれても、カズには、ちんぷんかんぷんでしょう。

「大事《だいじ》なものをなくしちゃって。半分《はんぶん》にわれたクルミのからなの。あれがないと、ぼく……」

コータは、また泣《な》きそうになって、くちびるをかみました。

するとカズは、ズボンのポケットから、何《なに》かを取《と》り出《だ》して見《み》せました。

「こういうの？」

カズの手《て》のなかににぎられていたのは、半分《はんぶん》にわれたクルミのから。しかも、からの部分《ぶぶん》はきれいなハート型《がた》にくりぬかれています。

「あ、これこれ！　きみがひろってくれたんだ！　ありがとう！」

コータは、たちまち笑顔《えがお》になって、手《て》をだしました。

ところが、カズは、すっと手《て》を引《ひ》っこめると、

「ちがうよ。これはぼくのだよ！」

といって、さっさとクルミのからをポケットに入《い》れてしまいました。

「そんな！　ぼくのだよ！　かえしてよ！」

コータは、夢中《むちゅう》で、カズにむしゃぶりついていきました。

カズは、サッと飛《と》びすさってにげました。

「待《ま》って！　返《かえ》して！　ぼくのクルミのおふだを返《かえ》してよ！」

「ちがうったら！　ほんとに、これはぼくのだったら！　どうしたら、信《しん》じてもらえるんだろう。……そうだ！　ちょっと待《ま》ってて！」

カズはそういうと、二本《にほん》のクルミの木《き》の間《あいだ》をとおって、おまつり広場《ひろば》のほうにかけだしていきました。

「待《ま》ってよ！」

コータも、あわてておいかけました。

ところが、おどろいたことに、カズのすがたはもうどこにも見《み》えませんでした。とつぜん消《き》えてしまったのです。

コータは、口《くち》をぽかんとあけたまま、その場《ば》につっ立《た》っていました。

おふだのゆくえ

さて、コータが、なくしたおふだをひっしにさがしているころ、クルミっこも、コータをさがしていました。

さっきまでいっしょにいたのに、急《きゅう》にコータがいなくなってしまったのですから……。

「コータ！　コータ！　どこへ行《い》ったの!?」

わ投《な》げ屋《や》のお姉《ねえ》さんにきいても、ヘータロにきいても、首《くび》をふるばかりです。

広場中《ひろばじゅう》のお店《みせ》をさがしてまわりましたが、みつかりません。

でも、クルミおばばにだけは、コータが見《み》えていました。

とつぜん、コータが、目《め》も見《み》えず耳《みみ》もきこえなくなってしまったように、何《なに》かさけびだしたので、おばばは、おやっと思《おも》いました。

(ははん！　あの子《こ》は、クルミのおふだをどっかに落《お》としちまったんだね。それで、クルミおばばの森《もり》からしめだされちまったんだな)

おばばは、じっとコータのようすを見守《みまも》っていました。

落《お》としたおふだをひろえば、コータはまた、ここにもどってこられるのですから、そんなに心配《しんぱい》はしていませんでした。

ところが、コータはいつまでたっても、おふだを見《み》つけることができません。

(これは、変《へん》だぞ)

クルミおばばも、そう思《おも》いはじめました。

そこへ、泣《な》きべそをかきながら、クルミっこがかけてきました。

「おばば！　おばば！　コータがいなくなっちゃった！」

「よし、よし。泣《な》くでない、クルミっこ！　コータは、クルミのおふだをなくしてしまったんだ。でも、この広場《ひろば》で落《お》としたんだから、すぐに見《み》つかるさ」

おばばは、注意深《ちゅういぶか》くおまつり広場《ひろば》を見《み》まわしました。

岩《いわ》だなの上《うえ》で、おはやしをえんそうしている小《こ》てんぐたち。お面《めん》のお店《みせ》で、とっかえひっかえお面《めん》をかぶっている野《の》ウサギやネズミの子《こ》どもたち。わ投《な》げのお店《みせ》ではしゃいでいる、タヌキやキツネの子《こ》どもたち。

おまつり広場《ひろば》は、さっきとかわったようすはありません。

泣《な》きそうな顔《かお》をして、コータをさがしまわっているのは、クルミっこだけです。

（あれ？　ヘータロはどこ行《い》った？）

おばばが、きょろきょろと広場《ひろば》を見《み》まわすと、いました、いました。

ヘータロは、のそりのそりとてんぐ岩《いわ》のうらのほうへ歩《ある》いて行《い》こうとしています。

「ヘータロ！　ヘータロ！」

おばばが大声《おおごえ》でよぶと、ヘータロは、いったんおばばのほうをふり返《かえ》りましたが、なぜか、にげるように足《あし》を早《はや》めたのです。

「ん？　ヘータロがにげだした。あやしいぞ！」

おばばは、岩《いわ》だなの上《うえ》の小《こ》てんぐたちにむかって、大声《おおごえ》でさけびました。

「おーい！　小《こ》てんぐどん！　ヘータロをつかまえてくれ！」

小《こ》てんぐたちは、おはやしの手《て》をとめました。

「ヘータロがてんぐ岩《いわ》のうらがわへにげて行《い》くぞ！　つかまえてくれ！」

小《こ》てんぐたちは、すぐさま立《た》ちあがりました。

「おやすいごよう！」

「がってんだ！」

小《こ》てんぐたちは、バッサバッサと羽《は》ばたいて空《そら》を飛《と》び、次々《つぎつぎ》にてんぐ岩《いわ》のうらがわに消《き》えました。

そうして、たちまち、ヘータロをつかまえて、おまつり広場《ひろば》にひきずりだしてきました。

「ヒャー！　なんで、おいさま、つかまーだー？」

ヘータロは、なぜかろれつのまわらない口調《くちょう》でわめいています。

「おまえさん、コータの持《も》ってたクルミのおふだを知《し》らないかね？」

クルミおばばにきかれたヘータロは、またまた、わめいてあばれます。

「へー！　しらんしらん。おいさま、なーも、しらんしらん！　はなへー！　はなへー！」

そのようすを見《み》ていたクルミおばばは、いいました。

「うーむ、ヘータロ。かんろ水《すい》を飲《の》ませてやるから、アーンと口《くち》をあけてみろ」

「いらんいらん！　おいさま、なーもいらん！」

ヘータロは、そういって、ぎゅっと口《くち》をとじました。

「ますますあやしいぞ。それ！　小《こ》てんぐどんたち、ヘータロの口《くち》をあけてやってくれ！」

「へい、がってん！」

小《こ》てんぐたちは、みんなで、ヘータロの口《くち》をこじあけました。

「へーへー！　やめろー！」

ヘータロがさけんだとたん、大《おお》きくあけた口《くち》から、ポロンと何《なに》かが草《くさ》の上《うえ》にころがり落《お》ちました。

「ああっ！　クルミのおふだだ！」

見《み》ていたクルミっこがさけびました。

「やっぱり、おまえさんがかくしていたのか。おかしいと思《おも》ったぞ」

「ゲロー！　ゆるしてくれえ！　ちょうど、おれさまの前《まえ》にころがってきたから、ベロンチョといただいただけだ。すぐ返《かえ》すつもりだったんだよ。

かんべん、かんべん！」

ヘータロは、長《なが》い舌《した》をべろべろさせながらいいました。

そんなさわぎのところに、かけよってきたのは、カズという男《おとこ》の子《こ》です。

「ああ、それは、あの子《こ》のクルミのおふだだ！」

「おお、カズか！　しばらくだったな」

クルミおばばは、一瞬《いっしゅん》おどろいたようでしたが、なつかしそうにいいました。

「おばば！　ひさしぶりだね。ぼく、だれかによばれたような気《き》がして、やってきたんだよ。そしたら、コータっていう男《おとこ》の子《こ》が、おふだをなくしてこまっていたんだ」

「おお、そうだったのか。それじゃ、カズ、これをコータにわたしてやってくれ！」

おばばは、そういって、カズにクルミのおふだをあずけました。

おふだがもどった！

コータは、クルミの木《き》の前《まえ》で、とほうにくれて立《た》ちつくしていました。

カズと名《な》のった知《し》らない男《おとこ》の子《こ》が、クルミのおふだをひろってくれたと思《おも》ったのに、また、男《おとこ》の子《こ》はいなくなってしまいました。

何《なに》がなんだかわかりません。

すると、またふいに、さっきの男《おとこ》の子《こ》が、クルミの木《き》の間《あいだ》からあらわれました。

「ほら！　これだろ、コータのおふだは？　取《と》り返《かえ》してきたぜ」

カズは、コータの目《め》の前《まえ》で右《みぎ》の手《て》のひらを広《ひろ》げました。

「これは、きみのおふだ。で、こっちが、ぼくのおふだ」

カズは、左《ひだり》の手《て》のひらもあけました。

おどろいたことに、まったく同《おな》じようなクルミのからの片方《かたほう》が乗《の》ってい
たのです。

「ああっ、じゃあ、これは！」

「そうだよ。きっとおんなじクルミのからなんだよ」

カズが合《あ》わせてみると、ふたつのからはまるですいつくように、ぴたり
とくっつきました。

「そうだったんだ……。あ、じゃあ、さっきはごめん」

カズが持《も》っているのが、てっきり自分《じぶん》のおふだだと思《おも》いこんでいたコータは、赤《あか》くなってあやまりました。

「いいさ。さあ、もう、落《お》とさないように、気《き》をつけなよ」

カズはそういって、コータにクルミのおふだを返《かえ》してくれました。

「ありがとう！」

コータが、おふだをつかんだとたん、目《め》の前《まえ》の風景《ふうけい》はもとのおまつり広《ひろ》場《ば》にもどりました。にぎやかな音楽《おんがく》や話《はな》し声《ごえ》や笑《わら》い声《ごえ》が、いっぺんにコータの耳《みみ》におしよせました。

ただ、さっきとちがって、岩《いわ》だなの上《うえ》で楽器《がっき》をえんそうしているのは、コオロギやキリギリスたちでした。

小《こ》てんぐたちは、広場《ひろば》の真《ま》ん中《なか》で、ヘータロを取《と》りおさえています。

「ああ、コータ！　よかった！　もどってこられたんだね」

クルミっこが、ころがるように、コータのところにかけよってきました。

「コータのおふだは、ヘータロが口《くち》のなかにかくしていたんだ。小《こ》てんぐたちがつかまえてくれたんだよ」

「まったく、ヘータロのやつめ、ちょっとこらしめてやらにゃいかんぞ」

ゲロゲロ鳴《な》きわめくヘータロを見《み》て、クルミおばばが顔《かお》をしかめていいました。

「ほーい、クルミおばば！　おしおきはおれたちにまかせてくれい！」

小《こ》てんぐたちはヘータロをかかえあげると、そのまま、みんなで羽《は》ばたいて、てんぐ岩《いわ》のてっぺんまで、いっきにのぼって行《い》きました。

「ゲロー！　助《たす》けてくれ！　おれさまは高《たか》いところがこわいんだ。やめてくれ！　おろしてくれ！」

「しばらくそこで、おとなしくしてろ！」

岩《いわ》のでっぱりにしがみついて泣《な》きさけぶヘータロを、その場《ば》に残《のこ》して、
小《こ》てんぐたちは、さっさとまいおりてきました。

「ヘータロ、なんだかかわいそう……」

クルミっこが小《ちい》さな声《こえ》でつぶやきました。

「なあに、すぐにおろしてやるさ」

「あいつはいばりすぎだから、
すこしこわい目《め》にあわしてやったほうがいいぞ」

小《こ》てんぐたちは、笑《わら》いながらいいました。

「さあ、さわぎがおさまったところで、小《こ》てんぐどんたちも、ひと休《やす》みし

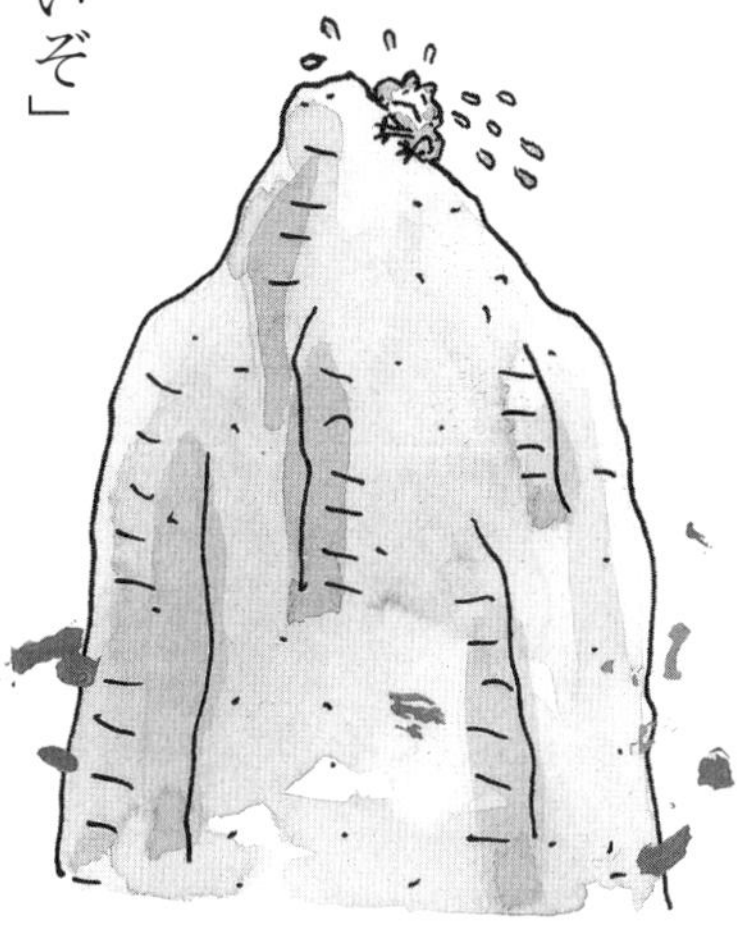

なされ。かんろ水《すい》も、まだたっぷりあるからな」

クルミおばばにさそわれて、小《こ》てんぐたちは歓声《かんせい》をあげました。

「カズも、よくきてくれたな。おかげで、コータがまいごにならずにすんだぞ」

「うん。ぼくも、クルミおばばやコータに会《あ》えて、よかったよ」

カズはそういって、コータのほうを見《み》ました。

「ぼく、クルミおばばのおふだを持《も》ってるのは、ぼくだけかと思《おも》ってた。また、ここへきたらカズに会《あ》える？」

コータは、カズにたずねました。

「うん。また、おいでよ、コータ。な？　この森《もり》は、おもしろいとこだろ？」

「ほんとだね」

コータは、さっきまで泣《な》きだしそうになっていたことなんか、ころっとわすれて、しあわせいっぱいでした。

このふしぎな森《もり》で、クルミっこやクルミおばばだけではなく、人間《にんげん》の男《おとこ》の子《こ》の友《とも》だちもできたのですから……。

そのときです。

はるか遠《とお》くの山《やま》のほうから、ドーン、ドーン、ドーンという低《ひく》いたいこの音《おと》がひびいてきました。

その音《おと》をきくと、小《こ》てんぐたちがあわてて立《た》ちあがりました。

「大《おお》てんぐさまがたいこをたたいてる！」

「もう、オオタカ山《やま》に帰《かえ》らないと！」

「いそげ！」

「そうだ。このかんろ水《すい》を、大《おお》てんぐどんに持《も》っていっておくれ」

クルミおばばは、残《のこ》った一本《いっぽん》のひょうたんを小《こ》てんぐたちにわたしました。

「おお！　大《おお》てんぐさまもよろこぶぞ」

「クルミおばば、まつりによんでくれてありがとう」

小《こ》てんぐたちは、みんなにあいさつすると、羽《はね》を広《ひろ》げて飛《と》び立《た》ちました。

広場《ひろば》の上《うえ》をぐるりとわをかいて飛《と》んだあと、一列《いちれつ》になって、まっすぐオオタカ山《やま》を目《め》ざして飛《と》んで行《い》きます。

それを見《み》たへータロが、あわててさけびました。

「へーい！　へーい！　おれさまをおろしてくれー！」

「ほい、わすれてた！」

小《こ》てんぐたちは、またもどってくると、みんなでへータロをかかえあげ、そのまま広場《ひろば》におりてきて、ぽいっとはなしました。

「ヒー！　ひどい目《め》にあったぜ。こしぬけた、こしぬけた。かんべん、かんべん」

ヘータロは、はいつくばってもどってくると、クルミおばばのうしろに小《ちい》さくなってかくれました。

小《こ》てんぐたちが、だんだん遠《とお》く、小鳥《ことり》のように小《ちい》さくなって、オオタカ山《やま》のなかにすいこまれて行《い》ったのを見《み》とどけると、クルミおばばはいいました。

「さあ、そろそろクルミまつりもおひらきだ。地《じ》べたに根《ね》をはるものは、せいいっぱい木《き》の実《み》やくだものを実《みの》らせて、けものや虫《むし》たちにごちそうしたぞ。おまえさんたちは、今《いま》のうちにたらふく食《た》べてためこんで、じょうぶで冬《ふゆ》をのりこえるんだ」

サルやリスや野《の》うさぎたちは、残《のこ》った木《き》の実《み》やくだものを、持《も》てるだけ持《も》って、ねぐらに帰《かえ》って行《い》きました。

「そろそろコータも帰《かえ》ったほうがいいな。風《かぜ》があるうちに、クルミっこに送《おく》ってもらえ」

おばばは、コータにもいいました。

「カズは？　カズは、まだ帰《かえ》らないの？」

「うん。ぼくはこの森《もり》の近《ちか》くにすんでるから……」

コータは、この、どことなくふしぎな少年《しょうねん》のことを、もっともっと知《し》りたいと思《おも》いました。でも、クルミおばばはせかします。

「コータ、いそげ！　風《かぜ》がやんでしまうぞ」

「そうだよ、コータ。さあ、行《い》こう！」

「ありがとう、おばば。たのしかったよ。かんろ水《すい》もおいしかったし、カズとも友《とも》だちになったし……」

コータがいい終《お》わらないうちに、クルミっこはコータの手《て》を取《と》って、かけだしました。

おじいちゃんは病院《びょういん》で

こうして、コータは、クルミ森《もり》にきたときと同《おな》じように、風《かぜ》に乗《の》って、庭《にわ》のナンキンハゼの木《き》までもどってくることができました。

コータが、木《き》から部屋《へや》のまどにつたいおりたとき、風《かぜ》が、ビュワワンとナンキンハゼの枝《えだ》を大《おお》きくゆらして、とおりすぎて行《い》きました。

ふりあおいでみると、もう、クルミっこのすがたはどこにも見《み》えません。

「ああ、今《いま》の風《かぜ》に乗《の》って、クルミっこは帰《かえ》って行《い》ったんだ……」

コータは、風《かぜ》がふきすぎて行《い》ったほうにむかって、手《て》をふりました。

「ありがとう、クルミっこ！　気《き》をつけて帰《かえ》ってね！」


コータが、二階《にかい》からかけおりてみると、おねえちゃんのユカはもう帰《かえ》っていました。

「コータ、帰《かえ》ってたの？　いったい、どこにいたの？」

いいながら、ユカは、コータの足《あし》もとを見《み》てさけびました。

「あーっ、コータ！　そのくつ下《した》！」

コータのくつ下《した》は、どろだらけです。

（うわ、きっとお姉《ねえ》ちゃんに、どこへ行《い》ってたのか、しつこくきかれるぞ）

ピンポーン！

げんかんのチャイムが鳴《な》ったのは、ちょうどそのときでした。

「あ、お母《かあ》さんだ！ お帰《かえ》りなさい！ おじいちゃん、どうだった？」

ユカがすぐにげんかんへ走《はし》っていったので、コータは、ほっ！

「あぶなかった！」

コータは、あわててくつ下《した》をぬいで、せんたく機《き》のなかにほうりこみました。

「ただいま！　おじいちゃん、だいぶよくなってたわよ。もうそろそろ退《たい》院《いん》できそうだって」

「ほんと？　よかった！」

コータも、うれしくて飛《と》びはねました。

「もともと元気《げんき》な人《ひと》だから、外《そと》にでられなくて、あきあきしてるみたい。きょうは、クルミ森《もり》へ行《い》った夢《ゆめ》を見《み》たっていってたわ」

「クルミ森《もり》って、夏休《なつやす》みにあたしたちをつれてってくれたとこ？」

ユカがたずねます。

「そう。おじいちゃん、子《こ》どものころ、クルミ森《もり》のそばにすんでたでしょ。そのころの夢《ゆめ》を見《み》たんですって」

「え？　クルミ森《もり》の夢《ゆめ》を？」

「そう。だれかによばれたような気《き》がして、クルミ森《もり》に行《い》ったんですって」

お母《かあ》さんは笑《わら》いながら、台所《だいどころ》に入《はい》って行《い》きました。

それをきいたコータは、ガーンと頭《あたま》を打《う》たれたような気《き》がしました。

そういえば、あの、カズという男《おとこ》の子《こ》は、だれかによばれたような気《き》がして、やってきたといっていました。

「じゃあ、カズは……おじいちゃん……？」

「え、なあに？」

ユカがきき返《かえ》しましたが、コータはそれにはこたえず、飛《と》びあがってさけびました。

「そうだ！　そうだ！　そうだったんだ！　カズは、子《こ》どものころのおじいちゃんだったんだ！」

考《かんが》えてみれば、おじいちゃんの名前《なまえ》は、「かずとし」っていうのです。

「カズは、おじいちゃんだったんだ！　ぜったいそうだよ！」

「また、コータがわけのわかんないこと、いって！」

ユカはあきれたような顔《かお》をしています。

「ふたりとも、おなかがすいたでしょ？　すぐごはんのしたくするからね」

エプロンをかけながら、お母《かあ》さんはいいました。

「お母《かあ》さん、こんどいつ、おじいちゃんのおみまいにいくの？　ぼくもつれてって！　ぼく、おじいちゃんの夢《ゆめ》の話《はなし》をききたいから！」

コータがそういうと、

「じゃあ、こんどの日曜日《にちようび》ね。おじいちゃんも、よろこぶわよ」

お母《かあ》さんは、にっこり笑《わら》いながらいいました。

末吉暁子（すえよし あきこ）
一九四二年、神奈川県生まれ。『星に帰った少女』（偕成社）で、七七年に第六回日本児童文芸家協会新人賞、七八年に第一一回日本児童文学者協会新人賞受賞。八六年、『ママの黄色い子象』（講談社）で第二四回野間児童文芸賞受賞。九九年、『雨ふり花 さいた』（偕成社）で第四八回小学館児童出版文化賞受賞。そのほか「ざわざわ森のがんこちゃん」シリーズ（講談社）「ぞくぞく村のおばけ」シリーズ（あかね書房）「やまんば妖怪学校」シリーズ（偕成社）など著書多数。
ホームページ http://www5b.biglobe.ne.jp/~akikosue/

多田治良（ただ はるよし）
一九四四年、東京都生まれ。桑沢デザイン研究所卒業。イラストレーターとして広告の仕事を中心に活躍中。神田神保町の書店「書泉」の栞のイラストをライフワークとしている。絵本に『クロコのおいしいともだち』『みんなでわっはっは』（あわたのぶこ 作 以上、フレーベル館）、挿絵に「おばけ屋」シリーズ（あわたのぶこ 作 小峰書店）などがある。

クルミ森のおはなし②
クルミまつりは大さわぎ！
二〇〇九年一一月 第一刷発行
末吉暁子 作 多田治良 絵
発行 ゴブリン書房
〒一八〇-〇〇〇六
東京都武蔵野市中町三-一〇-一〇-二一八
電話 〇四二二-五〇-〇一五六
ファクス 〇四二二-五〇-〇一六六
http://www.goblin-shobo.co.jp/
編集 津田隆彦
印刷・製本 精興社

NDC913 ISBN978-4-902257-16-8 C8393
96p 203×152

オオタカ山
とうげのてっぺん
てんぐ岩
ヘータロ沼
クルミ森の入口
クルミおばばの木